Perles d'enfants

et autres éclairs de (petits) génies

ISBN : 978-2-412-05746-9
Dépôt légal : juin 2020
Imprimé en France par SEPEC - 07781200413

Mise en page : Claude Combacau

Éditions First, un département d'Édi8
92, avenue de France
75 013 Paris – France
Tél. : 01 44 16 09 00
Fax : 01 44 16 09 01
E-mail : firstinfo@efirst.com
Site Internet : www.editionsfirst.fr

LA GRANDE LIZON
ALISON DOS SANTOS

Perles d'enfants

et autres éclairs de (petits) génies

FIRST
ÉDITIONS

Zoé, 4 ans

Thelma, 4 ans

Zoé, 5 ans

REGARDE MAMAN !! J'APPUIE TRÈS FORT SUR LES PÉDÉS !!!...
NAN CHÉRIE !! ON NE DIT PAS LES PÉDÉS MAIS LES PÉDALES !!

Jazz, 4 ans

OUI... ENFIN
HEUUUUU...
OUIIIIIII!!

Marceau, 4 ans

Pom, 5 ans

MAMAN !!
AVEC PAPA, ON A VU UNE BITE DANS LE CHAMPS !!!!
UNE BICHE MA CHÉRIE !!

Léonie, 2 ans

MA PUCE, TU RANGES TES AFFAIRES DE DESSIN

D'ACCORD, JE VAIS CHERCHER MA BOÎTE À FOUTRE !

TU NE M'ABANDONNERAS JAMAIS ?
JE SERAI TOUJOURS LÀ POUR TOI, JE NE T'ABANDONNERAI JAMAIS !
J'ESPÈRE QUE QUAND JE SERAI VIEILLE, TU NE M'ABANDONNERAS PAS ?!!

Lili-Rose, 3 ans

C'EST PARTI !! DIS-MOI 5 CHOSES POSITIVES QUI T'ONT FAIT PLAISIR AUJOURD'HUI !

J'AI JOUÉ À LA BONNE PAYE AVEC PAPA,
J'AI OUVERT LA 1ÈRE CASE DE MON CALENDRIER DE NOËL,
J'AI REGARDÉ NINJAGO,
J'AI PIQUÉ UN JOUET À MA SOEUR,
EEET....

AH OUI !!
QUAND J'AI FAIT MON CACA AUX TOILETTES EN LISANT LES SCHTROUMPFS

C'ÉTAIT TELLEMENT BIEN !!!
J'IMAGINE...

Alban, 7 ans

Anouck, 4 ans

Liloë, 3 ans

Ambre, 3 ans

Constantin, 4 ans

Ambre, 3 ans

Liam, 3 ans

Victoria, 3 ans

Thomas, 5 ans

Anouck, 3 ans

CouCou
ÉVIDEMMENT TU NE LE CORRIGES PAS ?!
NAN POURQUOI ? J'AIME BIEN !!
TONTON

Alban, 2 ans

Ivy, 5 ans

MAMAN, TU SAIS L'ÉLECTRICITÉ C'EST DANGEREUX ! ON PEUT SE FAIRE ÉLECTRONIQUER !!

Agathe, 6 ans

Matéo, 3 ans

Hayden, 5 ans

T'ES FATIGUÉ MON POUSSIN ?!

Maël, 4 ans

Mégane, 5 ans

Louis, 8 ans

Adam, 3 ans

Hippolyte, 2 ans

Lizon, 5 ans

Arthur, 3 ans

Matéo, 4 ans

Gabriel, 3 ans

Teïlo, 4 ans

Coraline, 4 ans

Mahdiya, 3 ans

... LA VACHE,
... LE COCHON,
... LA POULE,
...
BRAVO!

... ET LA COUILLE-OUILLE!!!
GRE-NOUILLE MA CHÉRIE.

Yuan, 2 ans

Valentin, 3 ans

Milo, 6 ans

Gabriel, 4 ans

Will, 2 ans

PAPA, ON JOUE TOUS LES DEUX ?!!
OUI, TU VEUX JOUER À QUOI ?

MOI JE FAIS LA SIRÈNE ET TOI LE SIROP !!

Lilou, 4 ans

Mélissa, 3 ans

C'EST VRAI PAPY !
ELLES SONT TROP BONNES !
TES SALOPES !!!!
NON, JE T'AI DÉJÀ DIT... C'EST ESCALOPE !!!

Noah, 4 ans

Maxence, 4 ans

Éléna, 3 ans

Bixente, 5 ans

MAMAN, DANS LA NOUVELLE MAISON, JE POURRAI AVOIR UN LIT SUPPOSITOIRE ?

Alice, 4 ans

BAH ALORS, TU VIENS DANS LE BAIN MA PETITE CONNECONNE*!!
* COCOTTE

Ambre, 3 ans

Héloïse, 4 ans

Hector, 4 ans

Souleyman, 2 ans

Anaïs, 3 ans

Jérémy, 5 ans

Lucas, 3 ans

NE T'ÉLOIGNE PAS TROP MON CHAT !!

Manoa, 3 ans

Nathalie, 4 ans

QU'IL AILLE NIQUER SA REUM !!
WESH, IL EST TROP CHELOU !!
!!!

OH, T'AS VU MAMAN ELLES NE PARLENT PAS FRANÇAIS !!!
...BOUFFON

Maëlle, 5 ans

Firmin, 9 ans

NE TE FATIGUE PAS À M'HABILLER, JE VAIS PAS À L'ÉCOLE AUJOURD'HUI.

Inaya, 5 ans

BONJOUR!
BONJOUR.

Hugo, 4 ans

Ambre, 3 ans

Axelle, 2 ans

Maëlia, 3 ans

MAMAN! QUAND TU SERAS MORTE JE RÉCUPÉRERAI TA VOITURE, ELLE EST TROP BIEN!

Lou, 6 ans

Alban, 7 ans

C'EST UN GLAND
MA CHÉRIE.
...

Noémie, 3 ans

Philippine, 4 ans

Dayan, 3 ans

NE METS PAS TON DOIGT DANS LE NEZ ! C'EST INTERDIT !
MAIS MAMAN, TU SAIS, J'AI FAIM, QUAND MÊME !!
HEUUUUU...

Amara, 6 ans

Suzie, 4 ans

Théo, 4 ans

Eileen, 4 ans

MAMAN, TU AS UN GROS VENTRE ?!
C'EST PARCE-QU'IL Y A UN BÉBÉ DEDANS, MON COEUR!
AH, ALORS IL Y A AUSSI UN BÉBÉ DANS TES FESSES ?!!
...

Yann, 3 ans

Ambre, 2 ans

...DONC, ON NE DIT PAS DE GROS MOTS, MAIS DES PETITS COMME : ZUT, FLÛTE...

Emmanuelle, 5 ans

Mila, 4 ans

Léon, 3 ans

Eva, 11 ans

Lola, 3 ans

Timothée, 3 ans

Clémence, 4 ans

Eden, 1 an

Garance, 3 ans

Liham, 4 ans

Eline, 8 ans

Camille, 4 ans

Mario, 3 ans

J'AI UN COEUR QUI VA DES PIEDS À LA TÊTE, DU COUP JE PEUX METTRE LE MONDE ENTIER DANS MON COEUR !!

Izia, 6 ans

Eneko, 5 ans

Yeni, 8 ans

Sharon, 6 ans

Louise, 6 ans

Tania, 3 ans

Alessio, 4 ans

Eva, 4 ans

JE SUIS GELÉE,
JE SUIS UN GROS GLAÇON
POUR QUE MAMAN ME
METTE DANS SON ALCOOL !!

Lou, 2 ans

Cerise, 4 ans

Maxime, 3 ans

Robin, 3 ans

Isidore, 4 ans

Franck, 3 ans

PAPA A DIT QU'IL FALLAIT QUE JE ME LAVE ENTRE LES ORTEILS POUR NE PAS ATTRAPER DE CORNICHONS !!

Nahel, 3 ans

Bianca, 3 ans

Mélissa, 6 ans

Lydia, 4 ans

Remerciements

À ma maman, qui a toujours été là et a cru en moi dès la première heure,
À mon mon papa pour ses encouragements,
À mon mari de m'avoir suivie dans cette aventure,
À mon frère et ma belle sœur, mes premiers fans,
À ma meilleure amie qui m'a toujours soutenue ,
À toute ma communauté, ce livre est l'aboutissement de leurs nombreux partages et je les remercie infiniment,
À tous les enfants parfaitement imparfaits.

Mais merci avant tout à mes trois amours, Alban, Ambre et Alix, sans qui cette aventure n'aurait jamais pu commencer, merci d'être des enfants extraordinaires, merci d'être votre maman !